AF613779

LES

FÊTES DE L'INTELLIGENCE

PARIS. — IMPRIMERIE DE J. CLAYE

RUE SAINT-BENOIT, 7

LES FÊTES

DE

L'INTELLIGENCE

PAR

EUGÈNE PELLETAN

PARIS

PAGNERRE, LIBRAIRE-ÉDITEUR

RUE DE SEINE, 18

1863

LES

FÊTES DE L'INTELLIGENCE

LETTRES A UNE MAITRESSE D'ÉCOLE.

I.

10 septembre.

Vous enseignez à lire, madame; c'est la première fonction de l'État. Il n'y a pas de reine au-dessus de vous, par rang de mérite.

Une reine peut distribuer des faveurs à sa cour et des sourires qui sont eux-mêmes des faveurs. Vous, madame, vous ne souriez guère, vous pleurez souvent, mais vous donnez des âmes à la société. Vous faites mieux que des heureux, vous faites des hommes; je vais trop vite en besogne, vous faites des mères qui pourront enseigner à lire à leurs enfants.

L'homme qui ne sait pas lire, ou l'homme qui sait lire et qui ne lit pas, peut être électeur, banquier, tout ce qu'on voudra, mais il n'est pas un homme, car il lui en manque la première qualité : la pensée en commun.

Il n'y a pas, sur cette terre, d'action plus religieuse que la lecture. Qu'est-ce que lire en effet? C'est revivre avec tout ce qui a vécu; c'est vivre d'avance avec tout ce qui vivra; c'est vivre, en une minute, de toute la vie de l'humanité. C'est plus encore; c'est faire soi-même l'œuvre qu'on lit. Il y a dans un même livre autant de livres qu'il y a de lecteurs; par la raison toute simple que l'esprit de chaque lecteur mis en mouvement par l'esprit du livre rend coup pour coup en quelque sorte, sent avec le livre, pense avec le livre et ajoute ainsi au mérite de l'œuvre le mérite de sa propre imagination et de sa propre pensée. La lecture constitue donc une collaboration muette du lecteur avec l'auteur, une création nouvelle dans une création.

Bien souvent, madame, en passant devant un palais gardé par un homme à cheval, la carabine au poing, j'ai rêvé de votre petite maisonnette, blanchie au lait de chaux et tapissée d'un rosier du Bengale qui a l'ambition de monter jusqu'au grenier, pour porter, sans doute, plus près du ciel son parfum modeste comme votre existence.

Or, en songeant à cette poétique volière de l'enfance, où les petites fauvettes du village gazouillent l'alphabet sous votre direction, je me dis : c'est là que doit être le véritable palais ; et majesté pour majesté, c'est peut-être la vôtre, madame, qui compte le plus devant le Dieu de l'intelligence.

Je vous demande donc la permission de vous adresser cette relation, au jour le jour, d'une tournée littéraire en

Belgique ; je tiens à vous donner cette marque de déférence, quand bien même elle devrait faire violence à votre modestie.

Si vous avez encore une minute, en toute propriété, à la fin de votre journée, vous irez lire cette correspondance, à la lisière de Maisonfort, dans cette allée rêveuse de peupliers, où le souffle du soir réveille, en remuant les feuilles, comme un bruit lointain de la mer... Vous écouterez le murmure d'en haut, et peut-être, à ce moment, vous rappellerez-vous que si le vent souffle partout, l'esprit en fait autant; or, quand l'esprit souffle en Belgique, vous pourrez en saisir une brise au passage.

II.

12 septembre.

Un sculpteur avait fait une statue de la France avec deux enfants.

— Pourquoi deux enfants seulement? lui demanda quelqu'un.

— Parce que je partage la France en deux classes : les sots et les gens d'esprit.

— Et vous appelez gens d'esprit ?

— Les sculpteurs, monsieur, parce que je les connais.

Faisons comme ce brave homme, mettons-nous du côté de l'esprit. L'intelligence, sans doute, a beaucoup d'ennemis : d'abord les imbéciles, car c'est elle précisément qui fait qu'ils sont des imbéciles, et ensuite les marchands d'abus, parce qu'un abus n'est jamais spirituel, et qu'il suffit d'un homme d'esprit pour en avoir raison.

Et pourtant il n'y a que l'intelligence qui vaille la peine de rester sur la planète. Quant au reste, faites claquer votre doigt, madame ; le reste ne compte pas davantage.

Quand nous passons encore une bonne heure dans cette vie, où la passons-nous ? Est-ce chez notre notaire ou avec notre boulanger ? Non ; c'est avec un poëte ou avec un philosophe, que nous tenons à la main, in-octavo, au coin du feu ou sous un berceau de chèvrefeuille.

— Je n'ai jamais eu de chagrin, disait Montesquieu, qu'un quart d'heure de lecture n'ait dissipé.

De chagrin, c'était beaucoup dire ; il n'avait qu'à mettre d'ennui, et il aurait fait la théorie de l'existence.

Ainsi, vive l'intelligence ! même pour la femme, surtout pour la femme, quoi qu'on en dise ; car bien plus que l'homme elle a besoin de faire provision de pensée pour l'heure critique de l'été de la Saint-Martin. Quand tout ce qui papillonnait autour d'elle aura pris son vol d'un autre côté, elle pourra braver le régime cellulaire de la solitude, car elle portera toujours avec elle une société aimable dans son instruction, et pourra toujours passer agréablement la journée.

Je n'en veux d'autre preuve que madame Bonnin. Vous ne la connaissez pas, à coup sûr. C'est une femme de soixante-dix-huit ans, qui a eu dans le temps une réputation de beauté. Quand elle sentit venir l'heure de la retraite, elle plia bravement bagage; elle acheta une petite maison de paysan dans une vallée ignorée de la Champagne; elle y transporta son piano, sa bibliothèque, et depuis ce moment elle vit avec elle-même; elle dit avec raison qu'elle n'a jamais fréquenté meilleure compagnie.

Madame Bonnin a pour voisin de campagne un ancien ingénieur retraité, un philosophe de l'école de Jean-Jacques, botaniste, entomologiste, etc., et enfin athée, à ce que dit le curé; traduisez panthéiste, et vous approcherez de la vérité. Il porte le nom de Bouland et un chapeau de quaker. Quand je le voyais passer avec sa belle figure méditative et sa longue barbe blanche, je croyais voir marcher une statue de Platon.

Chaque jour, sur le coup de midi, le philosophe remontait sa montre et allait rendre visite à sa voisine. Il causait avec elle jusqu'à l'heure du dîner, causerie entrecoupée le plus souvent d'un chapitre d'histoire ou d'une sonate de Mozart. Après dîner, dans la belle saison, ils allaient faire une promenade scientifique sur la bordure d'une garenne, et, chemin faisant, ils espionnaient la nature tantôt sur une fleur, tantôt sur un insecte.

Le philosophe aimait sa voisine comme on aime une habitude. A soixante-dix ans, cependant, son amitié parut prendre une tournure rêveuse. Parfois il brusquait sa voisine sans motif; il lui disait d'un air de dépit :

— Que n'avez-vous vingt ans!

— Que n'en avez-vous trente! répondait-elle.

— Au fait, vous avez raison; j'avais oublié la symétrie.

Et pourtant, me disait madame Bonnin en me racontant cette anecdote, je n'ai vingt ans que depuis ma retraite. Je pense, donc j'existe.

La vieillesse ainsi comprise, n'est-ce pas la préface de l'immortalité ?

III.

14 septembre.

Nous voici déjà au milieu de septembre. Qui donc a dit que le printemps était l'anniversaire de la création? Il paraît que, cette année-ci, la création avait oublié la fête de sa naissance. Depuis le mois d'avril le soleil ne savait trop ce qu'il disait; il passait continuellement du bleu au gris, il souriait le matin, il boudait une heure après; il radotait enfin, n'était le respect qu'on doit toujours à un vieillard et de plus à un Dieu de la lumière.

Le printemps semblait revenu, mais un printemps traître, le masque sur la figure. La fleur sortait de terre, sur la promesse de la foi jurée, et aussitôt une giboulée la corrigeait de son imprudence. L'hirondelle, lancée en éclaireur, poussait çà et là une reconnaissance, sans parvenir à trouver une température raisonnable pour élever sa couvée. L'été avait cru devoir imiter le printemps.

Cependant, vers la seconde semaine de septembre, le soleil semblait avoir retrouvé le fil de la parole, comme disait la marquise de Sévigné. La nature reprit du coup sa bonne humeur : la joie du ciel réveillait la gaieté de la terre; on grillait de partager son bonheur. Mais où découvrir, en France, une place honnête, pour fêter le retour du soleil ?

Est-ce à Trouville ? On y heurte, à chaque pas, trop de coquins considérables qui vous traitent d'imbéciles rien que par leur fracas ; trop de demoiselles empanachées qui quêtent un mari pour avoir ensuite le droit de jouir entièrement de leur liberté ; trop de robes en l'air qui semblent vous prier de remarquer qu'il ne reste plus que le jupon ; trop de pattes de perdrix rouges qui appartiennent à des femmes titrées, chaussées d'une soie diabolique, couleur de flamme ; trop de sirènes en tricot moulé sur le corps, qui nagent pêle-mêle avec des tritons sans tricot; trop de monstruosités morales, en un mot, que toutes les eaux de l'Atlantique ne sauraient laver.

A voir la société de Trouville, on supposerait que l'homme n'a autre chose à faire ici-bas qu'à voler un million à la Bourse pour le dépenser gaiement; la France du XIXe siècle est-elle donc tombée assez bas dans la poésie de la bestialité, pour croire qu'elle est uniquement une société à l'engrais ? Après avoir été depuis Descartes la pensée vivante de l'Europe, mettrait-elle aujourd'hui sa gloire, comme le troupeau dans l'étable, à posséder l'auge la mieux garnie?...

Ferait-elle désormais de son peuple choisi entre tous, pour porter la couronne du génie, le roi glouton à genoux devant le dieu Plutus ?

IV.

15 septembre.

J'avais besoin d'air pur, je partis pour la Belgique. La Belgique n'est plus d'ailleurs que la banlieue de Paris. La vapeur vous emporte, d'un coup de piston, à la frontière. Vous avez à peine le temps de fumer un cigare que vous voyez apparaître le sol flamboyant de Mons et les étoiles à fleur de terre des hauts-fourneaux. Nous touchons la patrie sacrée de la houille, oui sacrée, ne souriez pas de l'expression, car aujourd'hui la houille est la providence souterraine de l'humanité. Le sort du monde tient tout entier dans un morceau de charbon. L'esprit de guerre cherche bien encore à maintenir une muraille de Chine autour de chaque état; mais la locomotive passe et siffle... elle sait bien qu'un jour ou l'autre elle fera de l'Europe une seule famille.

On dit qu'en abordant, pour la première fois, la Grande-Bretagne, César tomba sur la face et baisa la terre pour en prendre possession. Je ne suis pas César, Dieu merci, je crois être un honnête homme; mais après avoir touché la frontière de la Belgique, j'aurais volontiers embrassé cette terre de liberté. C'est là qu'on vit, c'est là qu'on pense, c'est là qu'on dit ce qu'on pense et qu'on ne répond de sa pensée que devant la justice de l'opinion.

Je savais d'ailleurs qu'on devait y donner un banquet à Victor Hugo et y tenir un congrès international : deux fêtes pour une; pouvais-je manquer au rendez-vous?

La politique a ses fêtes, l'industrie a ses expositions, l'agriculture a ses comices, la guerre elle-même a ses réjouissances, ses entrées triomphales de héros écloppés au milieu des salves de coups de canon. Il n'y a que l'intelligence qu'on ait oubliée au partage.

La Belgique a cru devoir réparer cette omission. C'est bien la nation la plus complète du voisinage. Elle a tout ce qu'il faut pour permettre à qui que ce soit, quel qu'il soit, de faire ce qu'il veut, comme il le veut, sans demander pardon à l'État.

Placée au confluent et sur le passage de tous les courants de races et d'idées, la Belgique participe à la fois de la France, de l'Angleterre, de la Suisse et de l'Allemagne ; on dirait cinq têtes dans un même bonnet.

Puisqu'elle porte toutes les nations en elle, elle a bien le droit de leur donner l'hospitalité. Ce n'est pour elle qu'une réunion de famille. La Belgique a donc cru devoir offrir, par cette raison, un banquet à l'homme qui parle le plus haut en Europe, à Victor Hugo.

V.

15 septembre.

Il y avait longtemps que je n'avais serré la main du maître ; la dernière fois que je l'avais vu, c'était à la Conciergerie. On ne l'avait pas mis là précisément pour son propre compte, mais on y avait vidé toute sa maison. Ses fils, ses amis, Charles, François, Meurice, Vacquerie, cœurs vaillants, avaient tous plus ou moins payé de la prison leur amour, sans doute exagéré, de la liberté. Nous avions dîné ensemble, dans une cellule voûtée, à la lueur d'une lampe; et au dessert, comme au banquet des Girondins, nous nous donnions rendez-vous à un soleil meilleur...

Huit jours après, Victor Hugo partait pour l'exil.

Ce fut un malheur et aussi un bonheur, car il devait y prendre un nouvel abonnement au génie. Il écrivit sur son rocher l'apocalypse des *Misérables*.

Tout a été dit et redit sur ce livre; mais, quoi qu'on en puisse dire encore, on ne saurait nier qu'il n'ait été un événement qui a suspendu les autres événements de l'Europe. Jamais, de mémoire de livre, on n'avait entendu le talent frapper un coup aussi sonore sur l'opinion : l'Italie elle-même en fut oubliée pour un instant. On ne parlait partout que de Jean Valjean et de l'évêque Myriel.

L'esprit eunuque du bon sens, qui a peur de l'admiration comme d'une faiblesse et de la beauté comme d'une mise en demeure, avait bien essayé de protester contre cette tempête de succès; mais le courant électrique l'avait emporté et réduit au silence.

Certaines gens croient de bonne foi que tout serait perdu si un chef-d'œuvre venait à paraître. Il y a tant de charme à la médiocrité universelle; tout le monde y vit sur le pied d'égalité. Si quelqu'un, parmi nous, allait avoir du génie, que deviendrions-nous? Il faut veiller au salut de la littérature.

VI.

16 septembre.

Ce n'est pas que j'entende proclamer l'inviolabilité de Victor Hugo et le placer comme un roi constitutionnel au-dessus de la critique. J'ai entendu faire certaines réserves au livre des *Misérables* par des hommes que j'aime, que j'estime, mes frères et mes compagnons d'armes dans la mêlée de la démocratie; mais à tous je réponds invariablement : Les fautes que vous reprochez à Victor Hugo, à supposer que ce soient des fautes, vous et moi nous ne les aurions pas commises; mais ses beautés nous ne les aurions pas trouvées non plus; or c'est par les beautés et non par les peccadilles qu'on juge de la valeur d'un poëte.

Quand un écrivain porte la note de l'âme humaine plus haut que personne, admirons-le sur parole. Il ne manque à cet homme que de mourir, disait une femme d'esprit, pour avoir tout son mérite.

Cette femme avait raison. Nous avons un bon sens implacable, pour marquer à l'encre rouge telle ou telle page qui dérange notre sens critique, — quand l'artiste vit encore, parce que nous ne pouvons nous faire à l'idée qu'un homme qui porte un paletot comme nous puisse avoir à démêler quelque chose avec la postérité.

Mais quand cet homme vient à mourir, il semble que la mort transfigure son œuvre et la décharge de toute critique. Voyez le *Jugement dernier* de Michel-Ange, mettez en face de cette fresque un de ces hommes de bon sens, qui n'ont pas le bonheur de posséder ce petit grain de folie, indispensable pour comprendre la folie de l'inspiration, de quel éclat de rire il partira devant ces cascades de cuisses et de jambes forcenées qui semblent appartenir à des mastodontes humains plutôt qu'à d'honnêtes citoyens inscrits sur les registres de l'état civil!

Que dire, par exemple, de ce saint Barthélemy, qui tient sa propre peau à la main, comme une chemise; de ce chapelain du pape coiffé d'une paire d'oreilles d'âne, et finalement de ce serpent bien plus audacieux que le mot de Cambronne? Et cependant, si vous ne frémissez pas, jusque dans votre dernière fibre, devant la fresque de la chapelle Sixtine, passez, vous n'êtes que ce vénérable agronome de Genève, qu'on nommait, je crois bien, M. Simond : un homme fait pour admirer à perpétuité un champ d'avoine.

VII.

17 septembre.

Quoi qu'il en soit, le livre des *Misérables* a fait le tour de l'Europe en un clin d'œil, et, pour remercier l'Europe de cette preuve de bon goût, l'éditeur a cru devoir l'inviter à dîner, dans la personne de la presse et de la littérature.

C'est là un éditeur. Je le dis pour M. Lacroix aussi bien que pour M. Verboeckhoven. Ils ne vendent pas des livres pour les vendre; hommes de conviction tous les deux, ils les éditent pour semer des idées. Ils élèvent leur profession à la hauteur d'une œuvre de prosélytisme. Ils ont fait de leur maison la librairie internationale de la liberté sur le continent. Lorsqu'un livre, anglais, allemand, américain, italien, donne une secousse à l'esprit humain, ils le traduisent en français, et quelquefois le livre entre en France.

M. Lacroix, écrivain distingué lui-même, semble ressusciter cette race vigoureuse d'éditeurs de la Renaissance, qui faisaient de l'imprimerie une puissance au service d'une doctrine. C'est par cette raison qu'il a voulu associer à la publication des *Misérables* l'éditeur français le plus sympathique à la démocratie. Ai-je besoin de nommer M. Pagnerre, cet héritier intelligent d'un beau passé? Je puis le lui dire en face sans crainte de flatterie : il sait porter son nom et faire honneur à sa noblesse.

La presse étrangère avait tenu à figurer en personne au banquet de Victor Hugo; elle y était accourue de l'Angleterre, de l'Allemagne, de la Suisse, de l'Espagne, de partout. La presse française devait y assister en première ligne, ne fût-ce que par esprit de patriotisme; tous les journaux de Paris à prétentions démocratiques l'avaient formellement promis. Ils ne pouvaient refuser, disaient-ils, de rendre gloire à l'homme qui glorifiait la France par son talent; mais au jour dit, celui-là avait une nouvelle circulaire à écrire au canton de Thorigny-sur-Vire, et il a laissé passer l'heure de l'*express;* celui-ci a eu tout à coup une attaque de névralgie, et il a gardé la chambre; cet autre a eu un voyage imprévu à faire sur la Garonne, et il a pris le chemin de fer de Bordeaux. Il n'y a que M. Nefftzer qui ait tenu bravement sa promesse.

Le banquet n'y a rien perdu. La France, raisonnablement représentée par une députation suffisante de la littérature et de la presse départementale, a prouvé qu'elle savait encore avoir le courage de l'admiration. Je ne vous ferai pas le récit de cette soirée; j'aime mieux vous envoyer le compte rendu que M. Frédérix a rédigé dans le coup de feu de l'émotion. Il semble que le jeune écrivain belge ait emporté l'enthousiasme du banquet et l'ait répandu tout bouillant dans sa brochure; c'est ainsi que le cœur écrit quand le cœur a du talent.

Plusieurs ont parlé, et comme nous pourrions avoir

été du nombre, il ne nous appartient pas de juger leurs discours; la brochure de M. Frédérix, d'ailleurs, les reproduit avec toute la fidélité de la sténographie; mais si on y trouve encore la pensée, la phrase de l'orateur, on n'y trouve cependant ni la vie, ni le geste, ni le son de l'âme, ni la simplicité élégante de M. Lacroix, ni la verve incisive de M. Berardi, ni la bonhomie originale du bourgmestre, ni l'accent vibrant de Louis Blanc; tâchez d'y suppléer, madame, par le cœur et par l'esprit.

Quant à moi, je vous l'avoue sincèrement, ce soir-là c'était la voix perdue d'un temps passé qui parlait à mon oreille. Je me sentais revivre, en revoyant ces amis exilés qui avaient cruellement porté le poids du jour, et en les écoutant nous redire, d'une voix émue, ces paroles qui passent, par-dessus le présent, pour aller retomber dans l'avenir. Cette salle, électrisée par la parole de Victor Hugo et frémissante de je ne sais quel souffle de liberté, apparaissait à mon esprit comme la vision d'une patrie retrouvée. Si j'en dis trop, madame, gardez-moi le secret.

VIII.

18 septembre.

Il faut aimer Victor Hugo. Il faut l'aimer, vous dis-je, d'une piété filiale; d'abord parce qu'il est un des pères du siècle, et ensuite parce que lui-même il aime beaucoup. En prose comme en poésie, il professe une doctrine universelle de rédemption. Il croit que l'immoralité, que la laideur remontent, par l'échelle mystérieuse du progrès, à la vertu et à la beauté. Il a pour toute déchéance une parole de pitié, et quand la déchéance a honte d'elle-même, une parole de réhabilitation. Il amnistierait même Borgia, si Borgia pouvait avoir une bonne pensée.

Je le voyais chaque jour à Bruxelles. Il a blanchi dans l'exil, mais sous sa barbe blanche il conserve un air de jeunesse. Son âme, toujours jeune d'ailleurs, flotte sur sa physionomie ; le génie ne tombe pas sous le coup du temps; il a toujours pris d'avance quelque arrangement secret avec l'éternité. Nous avons longuement causé ensemble du passé, du présent; nous avions même l'impertinence de jeter un regard à la dérobée dans le futur.

Un jour, je ne sais plus quel marquis, car il y a des gens encore assez courageux pour être marquis, écrivit amicalement une lettre injurieuse à Victor Hugo. Il l'accusait de jacobinisme, de socialisme, et, pour achever le bouquet, d'apostasie. — Moi apostat ! y pensez-vous, marquis ? répondit le poëte ; on n'apostasie qu'en marchant à reculons. Je n'ai jamais changé, ajoutez-vous; je le crois bien, l'obélisque en dit autant.

Il y a toujours dans ce monde une idée en progrès et une idée en décadence ; sans quoi l'esprit humain resterait immobile, un pied en l'air, comme un stylite sur sa colonne. Nous pouvons, les uns et les autres, avoir différents points de départ, selon le hasard de notre berceau; mais lorsque l'idée d'un siècle apparaît à l'horizon, toutes les âmes bien nées doivent y courir d'elles-mêmes, et plus elles viennent de loin et plus elles ont de mérite.

A quel signe pourtant reconnaître le progrès de la décadence? A ce signe : que le progrès attire toujours le génie. L'homme, marqué au front, marche de l'erreur à la vérité; mais, une fois qu'il a opéré sa rencontre avec le siècle, il ne peut plus repasser de l'autre côté.

Il ne le peut plus; vienne la tentation, il ne daignera pas répondre; vienne la menace, il sourira de pitié; vienne la mort, il accepte l'épreuve. On bourdonne autour de l'apôtre d'une conviction; on dresse quelque chose sur la place publique; on fait sur un corps d'homme je ne sais quelle opération chirurgicale qu'on appelle un supplice, on croit l'avoir tué; mais à la place même où la hache a frappé, une ombre sort de terre, qui flotte éternellement dans l'air, comme la statue céleste du martyr.

Victor Hugo, Dieu merci! n'a connu que la mort partielle de la proscription ; faut-il l'en plaindre cependant? La souffrance n'est-elle pas la dernière main-d'œuvre d'une renommée? La lyre n'est-elle pas faite d'entrailles tordues? Demandez-le plutôt au Dante et à Milton.

Le désert déroule, à perte de vue, sa houle de sables; plus d'eau ni de verdure, rien que le vide et l'accablement du vide, et le silence de l'espace et le flamboiement de l'atmosphère incendiée par le soleil. Là, dans cette fournaise, loin de la source et de la fleur, l'aloès âpre dresse au ciel son armure, mais sous ce vent de feu son écorce éclate; la rosée du ciel tombe sur ses blessures et l'encens en coule en larmes d'or pour parfumer le temple de l'humanité ; voilà le poëte.

Je lui ai serré la main une dernière fois. Quand le reverrai-je ?

IX.

19 septembre.

Victor Hugo venait de partir. J'avais du temps à perdre. J'allai visiter le champ de bataille de Waterloo, uniquement pour avoir une occasion de philosopher. La philosophie est encore la meilleure revanche d'une bataille perdue.

La révolution française partit un matin de Jemmapes tambour battant. Après avoir erré à travers l'Europe, elle vint finir sa promenade à une étape de son point de départ, à Waterloo. Sachons accepter la leçon : nous aimons la France quand même ; mais, il faut bien le reconnaître, lorsqu'elle n'avait d'autre frontière que son armée toujours en marche, elle condamnait le continent et se condamnait elle-même à la guerre à perpétuité.

Or la guerre à outrance d'une nation contre toutes les autres, c'est la défaite à un jour donné. Un Waterloo est toujours caché au fond de tout système de conquête. Certes, j'ai profondément admiré le récit épique de cette bataille dans l'ouvrage de Victor Hugo, mais je ne saurais partager l'opinion du poëte sur cette page d'histoire.

Je crois avec Charras, je répète avec Quinet... Mais, non, je ne répète rien, je ne crois rien, ou plutôt je ne crois que pour moi; car, si je vous disais ma conviction, je pourrais effaroucher l'oreille de votre préfet.

Il y a deux hommes qui ont mis l'Europe en sang : Pitt et Napoléon, mais c'est Pitt qui a pris l'initiative et qui doit porter la responsabilité de la tuerie; il a jeté le gant à la révolution française, et Napoléon sortit, du sein même de la révolution, pour relever le défi.

Au point de vue purement mélodramatique de l'histoire, la lutte des deux peuples respire je ne sais quelle sauvage grandeur. Si l'on pouvait avoir le culte du dieu Mars, maintenant en demi-solde, on aimerait à retourner la tête en arrière, pour contempler, de la pensée, les deux lutteurs, des deux côtés du détroit.

Napoléon prépare à Boulogne une descente en Angleterre. Son armée attend l'arme au pied; l'Angleterre et la France sont là face à face; comme deux électricités contraires, leurs forces sont accumulées à la pointe de leurs promontoires. Napoléon, debout sur la falaise, regarde, avec une sombre impatience, cette mer ironique qui semble vouloir dérober sa rivale à son épée; n'importe, il accepte la partie, il risque le sort du monde sur un coup de vent; il faut conquérir l'Angleterre ou périr, car il va livrer une bataille sans retraite.

L'Angleterre, menacée dans son indépendance, palpite sur son rocher comme la mouette à l'approche de l'orage; le monde frémit et attend; mais la diplomatie anglaise détourne le coup sur l'Autriche. Le cabinet de Vienne croit l'occasion favorable pour prendre une revanche de Marengo. Napoléon lève le camp de Boulogne, emportant la victoire d'Ulm dans son cerveau.

Pitt mourut à la peine, mais son ombre continua de faire la guerre à Napoléon. Napoléon, ne pouvant saisir l'Angleterre corps à corps dans son île, la poursuivait à perte d'haleine sur le continent. Mais l'Angleterre, maîtresse de la mer, agissait et frappait partout à la fois; et quand l'Empereur croyait la tenir, elle échappait aussitôt aux regards, pour rentrer dans sa citadelle d'écume.

Après une lutte désespérée, Napoléon mourut prisonnier de l'Angleterre, en appelant sur elle le feu vengeur d'une nouvelle génération. Anathème perdu : sur la nappe houleuse de cette Manche que l'homme d'Arcole cherchait vainement à passer, une parole d'amitié va et vient de Paris à Londres et de Londres à Paris. Le cabinet anglais et le cabinet français ont, chaque jour, par le télégraphe électrique, une conversation suivie, comme s'ils faisaient maison commune et siégeaient dans le même salon.

Ce n'est pas qu'il ne reste encore un levain de jalousie, et que de part et d'autre on ne forge à la sourdine certaine frégate blindée qui doit l'emporter sur le voisin... Mais de part et d'autre aussi il y a un esprit public qui crie : plus de rivalité ni de conquête!

Et maintenant, voyez sur la falaise, de l'autre côté du détroit, cette blonde jeune femme, couronnée de l'algue du Nord et du lotus de l'Inde, plonger son long regard bleu dans l'espace. C'est la Liberté anglaise, la majesté au repos, la main sur la ceinture, le pied sur un canon. Le vent souffle autour d'elle, le flot hurle; mais, immobile et sereine, elle sourit à l'écume et à la tempête. Ferme sur elle-même comme sur la loi du monde, elle a mis la nature à ses ordres et les mers dans sa dépendance. De toutes les fêtes que l'homme peut donner à l'homme, la plus belle, assurément, est la vue d'un peuple libre; et lorsque Dieu veut encore avoir l'orgueil de son œuvre, c'est sur ce peuple qu'il arrête de préférence son regard.

X.

21 septembre.

C'est aujourd'hui l'anniversaire de la révolution de Belgique; le congrès de Vienne avait accouplé la Flandre à la Hollande en haine de la France, mais, après la révolution de Juillet, le peuple belge avait brisé une alliance qui ressemblait plutôt à une contrainte par corps qu'à un mariage d'inclination.

La Belgique a toujours fait profession d'indépendance; la liberté y date du moyen âge; le peuple flamand n'a jamais entendu la laisser prescrire. Le principal édifice dans chaque ville c'est l'hôtel de ville, et le premier homme de la cité c'est le bourgmestre.

Vous faites-vous l'idée d'un bourgmestre? Ce doit être

quelque chose comme un maire, direz-vous; c'est quelque chose de mieux : c'est l'élu de la cité, un président de république, qui, de concert avec l'échevinage, administre pleinement la commune et commande la garde civique, — civique et non pas nationale; la garde nationale implique unité, par conséquent force armée au service du pouvoir central; mais garde civique implique fédération, par conséquent force à la disposition de la liberté.

C'est grâce à cette vigoureuse tradition municipale que la Belgique a toujours résisté à toute tentative d'absorption, et qu'elle a dévoré en fin de compte tous ses conquérants. Il y aurait ineptie à vouloir la conquérir de nouveau et à changer en excroissance de la France cette oasis de la liberté.

La Belgique d'ailleurs a aujourd'hui une mission à remplir : placée, comme je vous l'ai déjà dit, au carrefour du monde, elle doit concentrer en elle tous les rayons de la pensée, pour les réfléchir sur l'Europe. Puisque la France ne parle plus, c'est à la Belgique à en faire l'intérim.

La diversité fait la sympathie; plus nous différons les uns des autres, plus nous nous aimons. Pourquoi avons-nous reçu à Bruxelles un accueil aussi chaleureux? C'est parce que les Belges sont les Belges, et que nous sommes Français.

Restons donc ce que nous sommes les uns et les autres. Si la nature, de moitié avec l'histoire, nous a diversifiés, elle avait sans doute ses raisons pour cela; gardons-nous de vouloir démonétiser toutes les originalités de territoire, pour les refondre toutes au même creuset, les frapper toutes de la même estampille. Si nous ne devions rencontrer partout que des Français, quel plaisir aurions-nous à passer la frontière?

Méfions-nous de l'unité, c'est le mot qui a fait le plus de mal à notre pays; il a un petit air innocent en apparence; mais, pour peu qu'on le serre de près, on voit bien vite qu'il signifie despotisme. Avec quoi, en effet, engraisse-t-on l'unité dans un pays, si ce n'est avec tout ce qu'on retire à la liberté?

Quand on a débarrassé l'homme, en douceur ou par force, du fardeau de penser par lui-même ou d'agir à sa fantaisie, on croit avoir réalisé une merveille qu'on intitule centralisation; si l'on pouvait encore dépouiller l'homme de son nom et l'appeler : numéro un, numéro deux, etc., comme dans un régiment, on croirait avoir atteint l'idéal du progrès.

XI.

22 septembre.

Les tambours battent, les drapeaux flottent aux fenêtres, les ménagères lavent à grandes eaux les trottoirs et les façades de leurs maisons, car la race flamande porte jusqu'au fanatisme la religion de la propreté; tout un peuple semble sortir du pavé, on dirait que la Belgique au complet vient d'entrer à Bruxelles.

Il y a sur toutes les figures une expression d'entrain; on voit bien, à première vue, que ce n'est pas un peuple qu'on réjouit, mais un peuple qui se réjouit. De tout temps, en France, l'administration veut bien se charger de notre amusement. La veille d'une fête on placarde, à chaque coin de rue, le menu de nos plaisirs. A telle heure, et à tel endroit, nous pouvons savourer en commun la volupté d'un ballon ou d'un mât de cocagne; quelquefois même on ajoute au bonheur du peuple souverain une distribution gratuite de cervelas et de saucissons.

La foule va au ballon et du ballon au feu d'artifice, par curiosité ou plutôt par habitude; elle trouve partout sur son passage des sergents de ville, des haies de soldats qui la resserrent et la forcent à marcher au pas somnolent et monotone d'une procession; puis elle reste entassée et béante, pendant des heures, sur une place publique, et tantôt sur une jambe, tantôt sur une autre, elle attend le départ d'un pétard; elle voit, elle bâille, et retourne comme elle est venue, passivement, silencieusement : voilà comment nous nous amusons par ordonnance de police.

Ici, au contraire, le peuple ne demande pas qu'on l'amuse, il s'amuse de lui-même, à la fortune du pot, c'est-à-dire de l'inspiration. Il accourt en masse de tous les côtés, musique en tête, car la musique tient la première place en Belgique. Et pourquoi non? N'est-ce pas l'art sociable par excellence, l'art de la corporation et de la sympathie?

Il n'y a pas une ville en Belgique, que dis-je? une bourgade, une manufacture, une usine qui n'ait sa musique de régiment. Le jour de la rentrée du roi à

Bruxelles, j'ai vu défiler une véritable armée de clarinettes et de chapeaux chinois; toutes ces compagnies de musiciens avaient leur bannière, quelquefois décorée de la médaille d'honneur que l'usine ou que la commune avait remportée aux diverses expositions de l'industrie ou de l'agriculture.

Un groupe suivait l'autre, et tout cela jouait en marchant; la tête d'un air enjambait sur la queue d'un autre air, c'était à l'oreille à faire la distinction. Il fallait bien que tout le monde prît son tour à la fois. Une corporation surtout attirait la curiosité, c'était la compagnie des arbalétriers; l'arbalète a gardé son droit de cité en Belgique.

C'est une nation éminemment historique; on ne saurait l'en blâmer, car l'histoire aussi est une patrie. Le moyen âge survit encore ici dans toute sa splendeur. A Gand, par exemple, le boulanger sonne de la trompe, après la fournée, pour appeler sa clientèle, et après le soleil couché le crieur de nuit chante l'heure, comme si la pendule ne l'avait pas relevé de faction.

La Belgique aime le passé. Elle en a le droit, car elle y a fait bonne figure. La jeune fille même y est un fait d'histoire : à son œil noir, à sa mantille négligemment jetée sur l'épaule, on voit que l'Espagne a couru par là, au temps de don Juan ; aussi la fenêtre, à défaut du balcon, a gardé toute son importance, dans cette population légèrement espagnole, sur le chapitre de l'amour.

Une Elvire flamande possède toujours de fondation, dans l'angle de la croisée, où elle brode et où elle soupire, — car qui dit broder dit soupirer, — un miroir curieux incliné sur la rue, et à l'aide de ce procédé d'espionnage elle peut voir, sans être vue, la foule de passage; mais quand un passant amoureux soupçonne le piége, il lève la tête vers le miroir; il y rencontre le regard de la jeune fille, et il emporte du moins l'image à défaut de la réalité.

XII.

23 septembre.

Donc la Belgique célébrait, à grand orchestre, l'anniversaire de sa révolution. Elle voulut mettre l'intelligence de la partie, et dans cette intention elle ouvrit ce qu'elle appela une *Assemblée internationale,* espèce de concile général de l'esprit humain, où tous les penseurs de tous les pays pouvaient venir discuter, à la face du soleil, toutes les questions sociales, politiques, économiques, philosophiques, morales, littéraires à l'ordre du jour dans le monde de l'intelligence.

On disait bien à la vérité, car maintenant le scepticisme tient partout le haut du pavé, que ce serait la fète du bavardage. — Vousv errez, me disait un mauvais plaisant, qu'il n'en sortira ni une idée, ni une solution. C'était, en vérité, montrer trop d'exigence, car si chaque fois qu'on ouvre une assemblée on en attendait une découverte, on ferait aussi bien de mettre la clef sur la serrure.

Eh! non, sans doute, une assemblée internationale ne saurait inventer une question nouvelle, mais elle donne à toute question déjà posée une nouvelle importance. Autre chose est d'écrire dans un livre, même dans un journal, une doctrine quelconque, et autre chose de porter cette même doctrine devant un public de chair et d'os, réuni dans un lieu respectable. Le livre, c'est le mysticisme, c'est le dialogue solitaire de l'esprit avec l'esprit; mais une réunion, c'est un fait, c'est un acte, une solennité, une cérémonie. Il y a dans la salle plus ou moins richement décorée, dans la toilette de l'assistance, dans la majesté du bureau sur une estrade, je ne sais quelle étiquette, quelle consécration visible, qui dit que l'idée en discussion n'est pas seulement une chose reléguée sur une feuille de papier, qu'elle est encore une chose vivante, passée à l'état de puissance.

Qu'est-ce qu'un discours de tribune, à tout prendre? Un article de journal beaucoup plus mal écrit le plus souvent, et pourtant il fait plus dresser l'oreille du peuple que n'importe quel premier-Paris. Pourquoi? Eh, mon Dieu! parce que c'est un discours de tribune, parce que derrière la parole de l'orateur le lecteur entrevoit encore une salle pompeuse, une assistance élue, la gravité antique et la sonnette disciplinaire du président. C'est là ce que la Belgique a compris en dressant une tribune européenne à toutes les réformes qui demandent à entrer dans la législation.

Aussi avait-elle assigné pour rendez-vous à l'assemblée internationale le chef-d'œuvre de Bruxelles, l'hôtel de ville, et pour lieu de réunion le palais ducal, que le duc de Brabant avait mis courtoisement à la disposition du congrès.

Le gouvernement belge n'affecte pas le mépris de l'idée, il ne la nomme pas du sobriquet d'idéologie. Gouvernement de liberté, il a le bon esprit de reconnaître que la liberté n'existe que pour appeler l'intelligence au pouvoir. Aussi l'héritier de la couronne avait tenu à honneur d'assister à la séance d'ouverture. Le bourgmestre a prononcé le discours d'inauguration; après quoi chaque section a passé dans son bureau.

XIII.

24 septembre.

Il y avait, si je ne me trompe, cinq sections, et dans chacune une question majeure à débattre. A la section d'éducation publique, un maître de la parole, M. Jules Simon, a soutenu la thèse de l'instruction obligatoire. Peut-on forcer le père de famille à faire apprendre à lire et à écrire à son enfant? Ne lui doit-il qu'une existence, l'existence matérielle? Ne lui doit-il pas l'existence morale, surtout dans un pays de suffrage universel comme la France, où l'enfant, une fois majeur, aura le droit de voter sans pouvoir écrire son bulletin? M. Jules

Simon a tranché la question par l'affirmative : il doit avoir raison.

L'abbé Galiani disait que la femme avait une âme de qualité inférieure, que le Créateur avait soufflé sur elle de mauvaise grâce, et lui avait accordé juste assez d'esprit pour accoucher. A la section d'économie politique, une jeune économiste, mademoiselle Royer, a vengé son sexe de l'interdit que la moitié masculine de l'humanité jette sur l'intelligence de l'autre moitié. Chaque fois que mademoiselle Royer a pris la parole, elle a virilement tenu la gageure contre n'importe quel adversaire.

Mais la question qui devait le plus remuer la section d'économie politique, c'était la question éminemment actuelle des armées permanentes. M. Clamageran a remporté, ce jour-là, une belle victoire contre les cinq millions de baïonnettes de l'Europe. Je croirais volontiers que l'avenir a quelque intention secrète sur le jeune orateur, et qu'il le destine, un jour ou l'autre, à la tribune, si jamais toutefois la tribune sort de sa cachette.

A quoi bon la guerre au dix-neuvième siècle, et par conséquent à quoi bon une armée?

Je conçois la guerre du temps de l'*Iliade*. On la faisait alors pour piller le territoire du voisin et pour réduire la population en esclavage. C'était le vol à main armée, un moyen de vivre sans travail. On appelait ce métier-là de l'héroïsme. Alors on détestait et on égorgeait cordialement son ennemi.

Mais où est le peuple aujourd'hui qui ferait la guerre à un autre pour le dévaliser de sa richesse et pour changer son territoire en désert? Si la France ruinait l'Angleterre, elle se ruinerait du même coup, car l'Europe ne forme aujourd'hui qu'une seule et même maison de commerce.

Mais, à l'heure qu'il est, nous ne nous battons que pour mémoire, parce que nous nous sommes battus autrefois, et que dans notre amour du passé nous appelons encore les batailleurs des héros. Nous tenons donc à conserver le métier par amour-propre, nous y mettons même une certaine coquetterie; nous allons au feu, en habit brodé, au son d'une musique d'opéra. Après le combat les vainqueurs fêtent les vaincus, et les uns et les autres, assis à la même table, boivent du vin de Champagne à frais communs et trinquent réciproquement à leur bravoure.

On pourrait définir une bataille, une opération financière qui consiste à payer un certain nombre d'hommes pour leur faire casser les jambes en rase campagne, et à payer ensuite un certain nombre d'autres hommes, appelés des chirurgiens, pour raccommoder les jambes cassées; ne vaudrait-il pas mieux que l'Europe signât, dès à présent, un petit protocole ainsi conçu : La guerre est abolie? La France même pourrait le signer toute seule; elle n'aurait qu'à désarmer, et l'Europe suivrait son exemple. Que pourrait-elle craindre? Qu'on vienne nous attaquer sans raison? Ne sommes-nous pas quarante millions pour donner la réplique?

Mais y pensez-vous? Que deviendrait la gloire militaire, l'idole du peuple français? Quoi! vous avez la cruauté de vouloir qu'un homme serré à la taille retire de sa cuisse ce joli petit chef-d'œuvre d'acier trempé qui coupe et qui pique? Mais de ce moment on ne pourra plus distinguer un homme d'un bourgeois.

Eh, mon Dieu! je sais bien qu'on adore encore en France la guerre pour la guerre et son prophète Béranger. Mais faut-il donc avoir peur d'une idole? Une anecdote pourra peut-être nous rassurer.

C'était à la naissance du christianisme et dans la ville d'Alexandrie, si nous avons bonne mémoire. Le peuple égyptien était alors dans l'embarras d'une religion ; il adorait encore Osiris par un reste d'habitude, mais il aurait volontiers adoré Jésus par amour du changement.

Un matin, la foule était réunie devant la statue d'Osiris. C'était un dieu magnifique, haut pour le moins de vingt coudées et couvert, de la tête aux pieds, d'une couche de vermillon.

— Ce dieu porte la foudre sur le front, dit un conservateur du temps.

— Ce dieu n'est qu'un morceau de bois, répondit un novateur.

Et pour le prouver il monte sur l'autel, et d'un coup de marteau, appliqué d'une main chrétienne, il brise la tête de la statue.

Que croyez-vous qu'il arriva? La main de l'impie sans doute tomba séchée? Nullement. Il sortit une souris du crâne de la divinité.

Néanmoins, nous devons respecter l'armée jusqu'à nouvel ordre, car enfin elle couvre la patrie; nous pouvons même au besoin, pour entretenir le feu sacré, fredonner un couplet de la *Vivandière*.

XIV.

24 septembre.

De toutes les questions à l'ordre du jour cependant, c'est la question de la presse qui a soulevé le débat le plus à fond de train. M. de Girardin a ouvert le feu; il a commencé par déclarer que le Code ne devait jamais sévir contre la presse, par la raison qu'elle ne faisait ni bien ni mal, et à ce sujet il a déclaré qu'intenter un procès à un journaliste, c'était renouveler la poursuite qu'on faisait autrefois au sorcier.

Je connais intimement l'écrivain qui a mis le premier au monde cette comparaison du journal et de la sorcellerie; mais je dois avouer loyalement que M. de Girardin a changé mon enfant en nourrice; il a oublié de faire une toute petite distinction indispensable au débat : c'est que la presse n'est qu'un instrument et qu'elle est tantôt l'instrument d'une idée, tantôt l'instrument d'une action.

Quand elle ne sert qu'à prêcher une idée, quelle qu'elle soit, la presse ne saurait commettre de délit. Le journaliste n'est alors qu'une raison libre qui propose à d'autres raisons libres une doctrine qu'elles peuvent accepter ou repousser en vertu de leur liberté. Quel tort peut-il faire dans ce cas? Changer la vérité en erreur et l'erreur en vérité? Mais il faudrait auparavant qu'il changeât la nature de la raison humaine et qu'il possédât par conséquent l'amulette du sorcier. C'est ici que la comparaison rééditée par M. Girardin trouve son placement légitime.

Mais si la presse sert à commettre une action que le Code a déjà qualifiée de crime ou de délit, alors elle tombe sous le coup du droit commun. Un homme crie : Aux armes ! dans la rue, un jour de révolte, — je dis de révolte, et non de révolution ; je vous prie, madame, de remarquer la différence ; — on le punit naturellement comme complice de l'émeute. Et un journaliste qui aurait poussé le même cri ne subirait pas à son tour la peine de complicité ! Et pourquoi donc? Serait-ce parce que la voix du journal porte plus loin, et qu'au lieu d'ameuter tout au plus un quartier, il a soulevé toute une cité?

Je pourrais encore citer l'exemple de la calomnie, de l'espionnage en temps de guerre, etc. Si donc j'avais voix au chapitre, je renverrais la presse au droit commun pour l'acte qui relève du droit commun, et quant au reste, je demanderais, pour toute loi, une page blanche. Il faut à la presse, dit-on, une liberté sage. Il n'y a pas de liberté sage ; il y a la liberté, et la liberté est ce qu'il y a de plus sage au monde, comme le prouve la Belgique.

Est-ce à dire pourtant que la presse n'exerce aucune influence? Mais M. de Girardin lui-même donne un démenti à M. de Girardin ; car à quoi doit-il son nom, si ce n'est à son journal? La presse exerce, au contraire, une influence directe et une influence négative, également avantageuses l'une et l'autre à la société.

Une influence directe, en rattachant tous les citoyens épars au centre politique de leur pays, en mettant sous leurs regards toutes les questions à l'étude, en les appelant à peser les arguments, à faire eux-mêmes leur apprentissage, à posséder enfin une opinion. Est-ce que, sans la presse, Cobden aurait accompli sa réforme et donné le pain à meilleur marché au prolétaire Anglais?

La presse exerce encore une influence négative en sa qualité de police au grand jour; par cela seul qu'elle peut dénoncer les abus de pouvoir, elle protége jusqu'au dernier citoyen d'un pays contre tout attentat à son droit ou à sa personne. Métier d'aboyeur, dit-on dédaigneusement. Eh bien! puisqu'on accuse la presse d'aboyer, je demande la permission de suivre jusqu'au bout la métaphore.

Un fermier de Bretagne avait un chien de garde, doué par la nature d'un coup de voix remarquable. Lorsqu'un habit suspect rôdait à la porte de la ferme, il aboyait, et si, malgré cet avis charitable, le passant forçait la consigne, la sentinelle croisait la baïonnette en montrant une paire de crocs de longueur.

Mais un jour le fermier trouva que son chien aboyait trop souvent à tort et à travers, et qu'avec cette mauvaise habitude de sonner à chaque instant le qui-vive le factionnaire dérangeait son précieux sommeil de fermier et, ce qui était plus grave, le sommeil de la fermière. Comme il partait du principe qu'un mari doit toujours dormir, il envoya son chien garder la ferme, une pierre au cou, dans le fond de la rivière.

La nuit suivante un voleur dévalisa sa maison. Si vous aimez l'apologue, vous pouvez en tirer la morale.

Un discours de M. Lavertujon a fermé le débat ; c'est le plus solide qu'on ait entendu sur la question ; non-seulement le jeune publiciste a un talent d'écrivain, mais encore il a l'étoffe d'un orateur. M. de Pressensé a profité de l'occasion pour faire une sortie éloquente en faveur de la liberté de conscience, non pas de la liberté négative, qui consiste à croire isolément à un dogme, la tête sur son traversin, mais bien de la liberté positive, qui consiste à pratiquer publiquement sa croyance.

Un jeune avocat hollandais a ensuite résumé le débat, et l'a fermé par ce mot : le monde marche! Sur ce coup de l'étrier, l'assemblée a levé la séance.

Oui, le monde marche! Fions-nous au temps : *Il mondo va da se*, c'est la devise du progrès. En veut-on la preuve, ici même, à quatre pas de Waterloo? Qu'était 89 le lendemain de cette boucherie? Une date maudite, proscrite à frais communs par tous les États, avec garantie mutuelle de tous les souverains. L'Europe était plus ou moins absolutiste, sans excepter la France, qui avait bien une charte, il est vrai, mais pour la forme, car cette charte était sans cesse déchirée en détail.

Mais aujourd'hui 89 règne en Hollande, en Belgique, en Suède, en Norvége, en Italie, en Portugal, en Prusse, modérément sans doute, mais enfin il règne ; en Autriche, qui l'aurait jamais cru? Il règne enfin en Espagne ; il sommeillait là dernièrement, mais il a rouvert l'œil, la reine l'a trouvé si beau à son réveil, qu'elle n'a pu résister à la tentation de l'embrasser comme au temps de son amour. Il n'y a que la Russie où 89 ne règne pas encore, car il règne en France sous forme de billet payable à échéance.

XV.

25 septembre.

Il n'y a pas de fête sans accident ; comme je sortais du palais ducal, je rencontrai un ami de M. Proudhon. Il me raconta un épisode qui avait vivement ému la population de Bruxelles.

M. Proudhon n'aime pas l'unité en général, mais il l'aime encore moins en Italie. A-t-il tort, a-t-il raison? L'avenir le dira. Quant à moi, je crois qu'il faut aimer l'unité, mais l'unité d'esprit. L'unité d'esprit fait seule la force d'une nation ; or elle existe d'autant plus qu'elle respecte partout l'esprit de localité ; donc la fédération me paraît la meilleure forme d'unité ; car on aime alors le gouvernement de tout l'amour qu'on porte à son clocher.

Quoi qu'il en soit, M. Proudhon avait fait au peuple belge un argument *ad hominem*. Tu veux l'unité pour l'Italie, lui disait-il; mais prends garde de te prendre à ton propre piége, car la France pourrait bien te mettre dans sa frontière pour te retourner ton principe. Voilà ce que disait M. Proudhon. Voulait-il conseiller par là la conquête de la Belgique sous le nom poli d'annexion? A coup sûr non, puisque tout son article protestait contre cette maladie d'annexion, qu'on pourrait appeler l'hydropisie des États.

Mais on ne badine pas avec l'amour... de la patrie. Je comprends donc que M. Proudhon ait froissé la fibre nationale de la Belgique, et que la presse belge l'ait mis en demeure d'expliquer sa pensée. Était-ce une raison cependant pour donner un charivari à l'illustre publiciste et pour lapider sa maison? M. Proudhon a bien le droit de dire ce qu'il pense, d'autant plus qu'il le dit avec infiniment d'esprit.

L'opinion frelatée du journalisme indépendant et compère voudrait en faire aujourd'hui un renégat, un ultramontain, etc. — Il va, dit-on, à la messe, il communie à sa paroisse, et, n'était sa femme, il prendrait le capuchon; mais, en attendant, il mange de la merluche le vendredi. Voilà ce qu'on dit, tout haut ou tout bas, chez les petits Basiles de la démocratie.

On oublie beaucoup trop que M. Proudhon tient une place à part dans l'histoire intellectuelle du XIXe siècle, et que la nature l'avait créé tout exprès pour en faire un contrôleur juré de la pensée. Un de ses disciples l'appela un jour un Messie, dans un accès d'enthousiasme.

— Me prenez-vous, répliqua-t-il, pour un imbécile, qui met le bât sur le dos de la société, monte dessus et crie : Hue! c'est moi qui vais te mener! Je ne suis pas un révélateur, je ne suis qu'un critique. J'écris de bonne foi tout ce que j'écris; mais je n'ai pas pour cela la prétention de posséder la vérité; je réfléchis sur chaque question, pour forcer les autres à réfléchir à leur tour et à mettre de l'ordre dans leur conviction.

M. Proudhon disait ce jour-là le secret de son talent. Il tourne et il retourne une doctrine pour en dégager l'erreur de la vérité; on peut penser comme lui, on peut penser autrement que lui, mais quelque chose qu'il écrive, il y a toujours à en tirer profit.

XVI.

26 septembre.

L'*Assemblée internationale* a terminé sa brillante existence par une soirée dansante à l'hôtel de ville, dans cette belle salle gothique qui a donné tant de fois audience à la liberté.

Quand je rentrai à mon hôtel, les illuminations mouraient déjà, une à une, aux fenêtres, et la nuit, rentrée dans ses droits, répandait l'éclat paisible des dernières étoiles sur cette magnifique place qui est, à elle seule, un musée complet d'architecture.

Je regardais ces clartés du ciel avec l'âpre satisfaction d'un esprit qui a besoin de prendre l'immuable à témoin, et je sentais je ne sais quelle confiance infinie entrer dans ma pensée.

Et je disais, du fond du cœur, à ces étoiles qui brillaient aussi à la même heure sur ma patrie : Ceux qui lèvent le front vers vous, ô chastes images de la vérité éternelle, ne disent pas : Mon grain de poussière me suffit et je me suffis à moi-même. Ils savent bien que le repos n'est pas sur cette terre, qu'il est en vous seulement, qu'il est le prix de notre travail; que, pour gagner ce prix, l'homme doit sa vie à l'homme autant qu'à lui-même, parce que l'homme vit de ce qu'il reçoit, de ce qu'il donne, et vit d'autant plus qu'il donne et qu'il reçoit davantage, qu'il porte secours au faible, encouragement au tiède, vérité au sceptique, espérance au blessé, au blessé du corps comme au blessé de l'esprit. Allons! mes amis et mes maîtres dans cet ordre d'idées, tant qu'il y aura un ciel sur notre tête, il y aura des âmes qui prendront, sous l'œil de l'Infini, de telles résolutions, et auront à les prendre de telles joies que ni les verrous, ni les éponges de fiel ne pourront ensuite les détourner de leur chemin.

Enseignez donc toujours à lire, madame, car vous enseignez ainsi à penser; voilà votre œuvre à vous : vous préparez, d'autres achèvent. Mais, du premier au dernier échelon de la pensée, nous ne formons qu'une seule âme et qu'un seul corps, l'église universelle de l'esprit humain.

Nous avons tous, petits ou grands, mission d'enseigner, car la société tout entière n'est qu'une éducation des plus ignorants par les plus instruits. Dans la grande famille des esprits il n'y a pas solution de continuité; il y a, au contraire, communication de tous avec tous, et pénétration de tous par tous, dans tous les lieux et à tous les instants. Nous agissons indéfiniment les uns sur les autres par la parole. Il serait temps enfin de poser dans ce monde la dignité des talents inférieurs. Ils ont aussi leur part de gloire.

Nous sommes tous serviteurs du siècle, vis-à-vis de nous-mêmes d'abord et ensuite de nos frères arriérés. C'est par cette coopération, cette hiérarchie inédite, en quelque sorte, des esprits, par la pression des meilleurs sur les moindres et par la résistance souvent des moindres aux meilleurs, que nous formons à la longue cette sagesse des sagesses appelée l'opinion. Or, qu'est-ce que l'opinion, sinon le droit également reconnu à chacun de contribuer à la propagande de la vérité?

Place donc, et paix à la pensée! Elle mène la civilisation, et, sans forfanterie de patriotisme, elle a fait longtemps de la France la maîtresse d'école de l'Europe.

Car, qu'est-ce donc que la France? Est-ce la place dessinée à l'encre rouge qu'elle occupe sur la carte? Est-ce telle ou telle rivière qui porte à la mer la neige de telle ou telle autre montagne? Est-ce la girouette qui tourne sur le clocher ou la vigne qui pend au flanc de la colline? Est-ce l'usine qui vomit dans la plaine un jet de vapeur, ou blute avec fureur l'écume du torrent? C'est la France géographique, cela; la France matérielle; une portion de la planète ni plus ni moins que la Chine ou que la Russie.

Mais la véritable France, la France enviée et bénie autrefois du monde entier, c'est la France de la pensée, immense comme la pensée elle-même, sans cesse arrachée à l'étreinte de sa frontière, sans cesse rayonnante à la circonférence du monde, répandue et présente partout par son génie. Voyez-la : recueillie en elle-même sous sa couronne de pampres et les cheveux aux vents comme la Sibylle, elle écoute le dieu intérieur et médite profondément ; à la pâleur de son front penché dans une austère mélancolie, vous pouvez dire : elle roule quelque chose de grand dans sa poitrine, et la civilisation prendra un nouveau point de départ.

FIN.

PARIS. — IMPRIMERIE DE J. CLAYE RUE SAINT-BENOIT, 7.

ŒUVRES DE M. EUGÈNE PELLETAN

LA NOUVELLE BABYLONE

2e édition. 1 volume in-8°........................ 3 fr. 50 c.

LA NOUVELLE BABYLONE

3e édition. 1 volume in-18 jésus...... .... 2 fr. 50 c.

LES MORTS INCONNUS. — LE PASTEUR DU DÉSERT

2e édition. 1 volume in-18 jésus.................. 1 fr. 50 c.

LE MONDE MARCHE

2e édition. 1 volume in-18 jésus.................. 1 fr. 50 c.

PROFESSION DE FOI DU XIXe SIÈCLE

4e édition. 1 volume in-8°........................ 3 fr. 50 c.

HEURES DE TRAVAIL

2 volumes in-8°.............................. 7 fr. » c.

DÉCADENCE DE LA MONARCHIE FRANÇAISE

3e édit., considérablement augmentée. 1 vol. in-8°..... 5 fr. » c.

LES DROITS DE L'HOMME

1 volume in-8°.............................. 3 fr. 50 c.

LES ROIS PHILOSOPHES

1 volume in-8°.............................. 3 fr. 50 c.

LA NAISSANCE D'UNE VILLE

1 volume in-8°.............................. 3 fr. 50 c.

HISTOIRE DES TROIS JOURNÉES DE FÉVRIER 1848

1 volume in-8°.......... .... 1 fr. 50 c.

LE DROIT DE PARLER

2e édition. In-8°.......................... 1 fr. » c.

LA COMÉDIE ITALIENNE

In-8°.................................. 1 fr. » c.

LA TRAGÉDIE ITALIENNE

In-8°.................................. 1 fr. » c.

PARIS. — IMPRIMERIE DE J. CLAYE, RUE SAINT-BENOIT, 7.

www.ingramcontent.com/pod-product-compliance
Ingram Content Group UK Ltd.
Pitfield, Milton Keynes, MK11 3LW, UK
UKHW021817190726
13853UKWH00003B/1030